Grillen

AUTORIN: CHRISTINA KEMPE
FOTOS: FOODARTFACTORY OHG, KLAUS EINWANGER, MONIKA SCHUSTER

Praxistipps

Extra

Rezepte

Welcher Grill passt zu mir?

Endlich ist es wieder so weit, die heiß geliebte Grillsaison steht vor der Tür. Zeit also, seinen Grill startklar zu machen – oder sich sogar ein neues Gerät zu kaufen.

Aufgrund der stetig wachsenden Grillbegeisterung ist das Angebot an Grillgeräten inzwischen riesig und die Entscheidung nicht einfach. Damit Sie ganz schnell herausfinden, welcher Grilltyp am besten zu Ihnen passt, hier die wichtigsten Infos für Sie.

Traditionell: Holzkohlengrill

Ganz klarer Favorit für alle, die das echte Grillfeeling samt knisternder Glut und rauchig-würzigem Aroma lieben. Da die Geräte weder Strom- noch Gasanschluss benötigen, können sie überall im Freien aufgestellt werden. Die Bedienung ist allerdings etwas aufwändiger. Um den Kohlen Zunder zu geben, werden spezielle Anzünder (Seite 6) benötigt, und das Vorglühen dauert seine Zeit. Je nach Wind und Wetter müssen Sie eine halbe Stunde dafür einplanen. Dazu braucht das Feuer ständige Pflege, um in Schuss zu bleiben. Die Hitze kann man nur über den Abstand des Rosts zur Glut regulieren. Zu achten ist zudem auf Funkenflug, und die Asche darf man erst nach dem Abkühlen entsorgen.

Modern: Gasgrill

Das ist das richtige Gerät für alle, die spontan, ohne lange Wartezeiten, völlig unkompliziert und unabhängig vom Wetter grillen möchten. Wird der Grill mit Gasflasche oder -kartusche betrieben, kennt seine Mobilität draußen fast keine Grenzen. Die Handhabung ist simpel: Auf Knopfdruck können Sie den Grill anschalten, nach rund 10 Minuten ist die perfekte Grillhitze erreicht. Diese wird über einen Temperaturregler exakt eingestellt, die Grillzeiten lassen sich also leicht bestimmen. Da der Gasgrill beim Anheizen wie auch beim Grillen kaum Rauch oder Qualm entwickelt, ist er ideal für Balkonbesitzer mit geruchsempfindlichen Nachbarn. Weitere Vorteile: Asche-Entsorgung entfällt, leichte Reinigung. Geräte mit Lavasteinen sorgen sogar für einen leicht rauchigen Geschmack.

Bequem: Elektrogrill

Eigentlich mit dem Gasgrill vergleichbar, allerdings ist das Gerät nur dort einsetzbar, wo es Strom gibt. Großer Pluspunkt: mit Grillwanne sind vor allem die Tischgeräte auch für drinnen geeignet.

GRILLTYP-UNABHÄNGIGE EINKAUFS-TIPPS

Immer wichtig sind ein guter Stand und eine Belüftungsvorrichtung. Der Rost – ausreichend groß (Platz für 4 Steaks muss sein), schwer und beschichtet – sollte in verschiedenen Höhen platziert werden können. Ist der Grill mit einem Deckel (kann auch Windschutz sein) verschließbar, können Lebensmittel schneller gegart und außerdem geräuchert werden. Wer gerne große Spieße grillt, muss auf eine entsprechende Drehvorrichtung achten. Holzkohlengrills sollten eine gut funktionierende Vorrichtung für die Aschebeseitigung (z. B. eine herausziehbare Schublade, in der sie sich sammelt), Gas- und Elektrogrills eine Auffangvorrichtung für Wasser und Fett haben. Wenn das Gerät zudem hitze- und wetterbeständige Griffe hat sowie einfach zu montieren und zu transportieren ist, ist es perfekt.

Holzkohlengrills gibt es in unterschiedlichen Ausführungen. Im Säulengrill mit langem hohem Fuß etwa bringt man die Kohlen durch den Kamineffekt schnell zum Glühen. Der Kugelgrill bietet mit geschlossenem Deckel auch genug Platz für Braten oder ganzes Geflügel, die Hitze zirkuliert darunter wie im Heißluftbackofen. Ein zusammenklapp- und tragbarer Trommelgrill ist praktisch für alle, die wenig Platz haben und gerne flexibel sind. Für den Großeinsatz stehen zwei Grillflächen zur Verfügung.

Kugelgrill mit Deckel

Gasgrill mit Lavasteinen

Gasgrills können Sie oft als Standgeräte (häufig mit Rollen, da nicht ganz leicht), aber auch als tragbare Tischgeräte bekommen. Sind sie mit Lavasteinen bestückt, liegen diese zwischen Brenner und Rost. Je mehr einzelne Brenner vorhanden sind, desto besser lässt sich die Hitze regeln. Gasgrills sollten unbedingt stufenlos steuerbar sein und extakte Temperaturen angeben. Und: Achten Sie auf eine gut funktionierende Zündung!

Elektrogrill

Elektrogrills finden Sie vom kleinen Kontaktgrill bis zum großen Grillwagen im Handel. Fettauffangschale und Antihaftbeschichtung machen das Reinigen schnell und einfach. Das TÜV-Gütezeichen steht für eine gute Hitzeverteilung und Handlichkeit. Eine stufenlose Temperaturregelung ist von Vorteil.

Grillen ganz einfach – mit dem richtigen Zubehör

Ist der Grill für jeden Einsatz bereit? Dann fehlen Ihnen jetzt nur noch ein paar Kleinigkeiten, die das große Outdoor-Vergnügen rundum zum Erfolg werden lassen.

Holzkohle und **Grillbriketts** (mittlerweile eigentlich stets ohne gesundheitsschädliche Rückstände) können Sie während der Grillsaison an jeder Tankstelle, im Supermarkt und auch im Baumarkt bekommen. Greifen Sie zu Briketts, wenn Grillgut mit längerer Garzeit aufgelegt oder größere Mengen hintereinander gegrillt werden sollen: Briketts glühen besonders lang. In allen anderen Fällen ist Holzkohle völlig ausreichend. Besonders exklusiv: Kokos-Briketts aus Kokosnussschalen. Sie werden heißer, verbrennen aber langsamer und sparsamer und produzieren dabei weniger Asche.

Grill-Anzündhilfen gibt es in flüssiger Form (auch Bio), in Würfel- oder Riegelform etwa aus Holz und Wachs sowie als Pasten. Mit ihrer Hilfe fangen die kalten Holzkohlen oder Grillbriketts ganz schnell Feuer. Am besten mit extralangen Grill-Kamin-Zündhölzern oder einem Spezialanzünder anzünden. Achtung: Spiritus oder Petroleum auf gar keinen Fall verwenden! Beim Anzünden kann es zu Stichflammen, beim Grillen zu gesundheitsschädlichen Ausdünstungen kommen.

Alu-Grillschalen halten zu starke Grillhitze ab und sammeln abtropfende Flüssigkeit in ihren tiefer gelegten Rillen. Genau das Richtige für empfindliches, sehr saftiges Gargut oder solches, das eine längere Garzeit benötigt und direkt auf dem Rost verbrennen würde. Zusatzeffekt: die Grillstäbe bleiben sauber. Aber Achtung: wegen der geringeren Hitze verlängern sich die Garzeiten.

Alufolie auf dem Grillrost ist Klasse für alles, das den »freien Fall« liebt. Dabei die Folienränder nach oben biegen, damit Fett und Flüssigkeit nicht in die Glut laufen. Extrastarke Folie ist stabil und reißt nicht so schnell, ersatzweise zwei Stück Folie übereinander legen – immer mit der glänzenden Seite nach innen (so wird die Hitze gut weitergeleitet).

Grillbesteck – Zange, Wender, Gabel und Pinsel – hilft beim Umdrehen und Einstreichen des Grillguts mit der Marinade. Extralange Griffe sorgen dafür, dass Sie sich dabei nicht verbrennen. Griffe aus Holz oder Kunststoff dienen als Hitzeschutz.

Spieße – Grillspieße gibt es aus Metall und Holz. Auf ihnen stecken Fleisch-, Fisch-, Gemüsewürfel. Erstere sind teurer, aber immer wieder verwendbar (einölen!), Letztere (wässern!) kosten fast nichts, werden nach dem Gebrauch aber weggeworfen. Größere Braten oder ganze Hähnchen grillen am Drehspieß, der ständig rotieren muss, damit das Fleisch gleichmäßig gart. Dafür am besten einen bateriebetriebenen Motor benutzen. Manche Grillgeräte haben dafür eine Vorrichtung.

Grillkörbe machen das Wenden von ganzen Fischen richtig einfach, da diese fest in das Gitter (gut ölen!) eingeklemmt sind. Beim Kauf auf die Größe achten, damit sie auch auf den Grill passen.

Grillhandschuhe aus Feuer-hemmendem Material schützen beim Anheben des Rosts, Drehen heißer Metallspieße und beim Schüren der Glut.

Briketts und Holzkohle

Anzünder und Brennhilfen

Alu-Grillschalen und Alufolie

Pinsel, Gabel, Wender und Zange

Spieße, Drehspieß und Grillkörbe

Grillhandschuhe

Fleisch & Geflügel

Unangefochten auf Platz eins der Grill-Top-Ten: Steaks, Koteletts oder Würstchen – Fleisch & Geflügel vom Grill schmecken immer! Besonders aber, wenn sie durch raffinierte Marinaden und Gewürze ein unwiderstehliches Aroma erhalten und dazu noch, wie hier, ganz easy aus der Hand gegessen werden können.

Kleine Hähnchenkeulen auf Tandoori Art

16 Hähnchenunterkeulen (etwa 1,3 kg)
1 Knoblauchzehe
1 Stück frischer Ingwer (etwa 2 cm)
400 g Joghurt
fein abgeriebene Schale und Saft
von 1 Bio-Zitrone
je 1 TL gemahlener Koriander und Kreuzkümmel, Kurkumapulver und Garam masala
½ TL Chilipulver
Salz | Pfeffer
rote Lebensmittelfarbe (nach Belieben)

Für 4 Personen | 15 Min. Zubereitung |
5 Std. Marinieren | 15–25 Min. Grillen
Pro Portion ca. 510 kcal, 49 g EW, 32 g F, 6 g KH

1 Die Hähnchenkeulen waschen und trockentupfen. Knoblauch schälen und durch die Presse drücken. Den Ingwer schälen und fein hacken.

2 Knoblauch und Ingwer mit Joghurt, Zitronenschale und -saft sowie den Gewürzen verrühren. Nach Belieben mit ein paar Tropfen Lebensmittelfarbe rot färben. Die Hähnchenkeulen einlegen und mindestens 5 Std. marinieren lassen.

3 Die Hähnchenkeulen aus der Marinade nehmen und auf den Grillrost legen (am besten am Rand, wo die Hitze nicht so stark ist). Mit etwa 10 cm Abstand zur Glut 15–25 Min. grillen (je nach Größe der Keulen), dabei immer wieder wenden.

AROMA-TIPP

Wer mag, legt dünne Zitronenscheiben mit auf den Grill und isst sie mit den Hähnchenkeulen.

Italo-Hit | schön würzig

Salbei-Knoblauch-Salsicce

1 Hand voll Salbeiblättchen | 5 große Knoblauchzehen | 12 Salsicce (je 80 g, italienische gewürzte rohe Würste, ersatzweise andere rohe Bratwürste)

Für 4 Personen
10 Min. Zubereitung | 10–15 Min. Grillen
Pro Portion ca. 730 kcal, 24 g EW, 69 g F, 3 g KH

1 Salbeiblättchen waschen und trockentupfen. Den Knoblauch schälen und in dünne Scheiben schneiden. Die Salsicce auf einer Seite mit etwas Abstand mehrmals schräg einschneiden. In jeden Einschnitt abwechselnd je 1 Salbeiblättchen und 1 Knoblauchscheibe stecken.

2 Die Würste auf den Grillrost legen und mit etwa 10 cm Abstand zur Glut 10–15 Min. grillen, dabei immer wieder wenden.

Hingucker | schnell gemacht

Thymian-Pecorino-Würstchen

12 Zweige Thymian | 70 g mittelalter Pecorino (ersatzweise Parmesan) | 12 rohe Bratwürste (je 80 g) | grobes Küchengarn

Für 4 Personen
10 Min. Zubereitung | 10–15 Min. Grillen
Pro Portion ca. 785 kcal, 30 g EW, 74 g F, 1 g KH

1 Thymianzweige waschen und trockenschütteln. Pecorino in kleinere Stücke zerbröseln. Die Würste längs tief ein-, aber nicht durchschneiden. Pecorino in den Einschnitten verteilen, jeweils 1 Thymianzweig (oder die abgezupften Blättchen) darauf legen, gut eindrücken und wieder »verschließen«. Die Würste mit Küchengarn verschnüren.

2 Die Würste auf den Grillrost legen und mit etwa 10 cm Abstand zur Glut 10–15 Min. grillen, dabei immer wieder wenden.

saftig & kross

Würstchenspieße im Speckmantel

4 Stängel Oregano | 3 EL Tomatenmark | 3 EL Zitronensaft | 2 TL edelsüßes Paprikapulver | 1 TL rosenscharfes Paprikapulver | Salz | 16 Scheiben Frühstücksspeck (Bacon, 160 g) | 8 Thüringer Rostbratwürste (je 80 g) | 4 lange Holzspieße

Für 4 Personen
15 Min. Zubereitung | 10 Min. Grillen
Pro Portion ca. 720 kcal, 29 g EW, 66 g F, 2 g KH

1 Oregano waschen, trockenschütteln, fein hacken. Mit Tomatenmark, Zitronensaft, Paprikapulver und Salz verrühren. Speckscheiben auf einer Seite mit der Tomatenpaste bestreichen, quer halbieren.

2 Würste vierteln, jedes Wurststück mit Speck umwickeln und auf die Spieße stecken. Spieße auf den Grillrost legen und mit etwa 10 cm Abstand zur Glut etwa 10 Min. grillen, dabei ab und zu wenden.

Klassiker neu aufgespießt

Kalbsleberspieße Berliner Art

350 g Kalbsleberscheiben (etwa 2 cm dick) | 1 Zwiebel | 1 säuerlicher Apfel (z. B. Breaburn) | 2 EL Zitronensaft | Salz | Pfeffer | 2 EL Mehl | 4 lange Holzspieße | Alufolie und Öl zum Grillen

Für 4 Personen
20 Min. Zubereitung | 10–12 Min. Grillen
Pro Portion ca. 175 kcal, 18 g EW, 6 g F, 11 g KH

1 Leber trockentupfen, etwa 4 cm groß würfeln. Zwiebel schälen und in dünne Spalten schneiden. Apfel vierteln, nach Belieben schälen, entkernen, in 2–3 cm große Würfel schneiden und mit Zitronensaft beträufeln.

2 Leber, Zwiebel und Apfel abwechselnd auf die Spieße stecken. Salzen und pfeffern, mit Mehl bestäuben. Grillrost mit Alufolie auslegen, einölen. Die Spieße darauf legen und mit etwa 10 cm Abstand zur Glut 10–12 Min. grillen, dabei immer wieder wenden.

feiner Asia-Import

Satéspieße mit Erdnusssauce

1 Stück frischer Ingwer (etwa 6 cm)
1 Stängel Zitronengras | 400 ml Kokosmilch
3 TL gemahlener Koriander
1 ½ TL rosenscharfes Paprikapulver
Salz | 6 EL Limettensaft | 2 EL Honig
600 g Hähnchenbrustfilet
75 g geschälte, ungesalzene Erdnusskerne
50 g Erdnusscreme | 1 Knoblauchzehe
12 Holzspieße

Für 4 Personen | 25 Min. Zubereitung
5 Std. Marinieren | 10 Min. Grillen
Pro Portion ca. 545 kcal, 45 g EW, 31 g F, 16 g KH

1 4 cm Ingwer schälen, Zitronengras waschen und putzen, beides fein schneiden. Mit 200 ml Kokosmilch, 2 TL Koriander, 1 TL Paprikapulver, Salz, 3 EL Limettensaft und 1 EL Honig verrühren. Hähnchenfleisch in 1 cm breite lange Streifen schneiden und ziehharmonikaartig auf die Spieße stecken. In der Marinade mindestens 5 Std. ziehen lassen.

2 Erdnüsse im kleinen Topf bei mittlerer Hitze goldbraun rösten. Fein hacken und zurück in den Topf geben. Mit Erdnusscreme, übriger Kokosmilch, restlichem Limettensaft, Honig, Koriander und Paprikapulver verrühren. Knoblauch und übrigen Ingwer schälen, fein hacken und untermischen. Unter Rühren bei mittlerer Hitze in 2–4 Min. cremig einkochen lassen. Sauce mit Salz abschmecken.

3 Marinade von den Spießen abstreifen. Spieße auf den Grillrost legen, mit etwa 10 cm Abstand zur Glut etwa 10 Min. grillen. Mit der Sauce servieren.

macht was her

Buntes Kaninchen-Schaschlik

600 g Kaninchenfilet
200 g milde Mini-Paprikaschoten
(15–20 Stück) | 2 kleine Zwiebeln
24 frische Lorbeerblätter | 500 g Buttermilch
Salz | Pfeffer | 1 EL Wacholderbeeren
8 lange Holzspieße
Alufolie und Öl zum Grillen

Für 4 Personen | 25 Min. Zubereitung
5 Std. Marinienren, 15–20 Min. Grillen
Pro Portion ca. 285 kcal, 36 g EW, 12 g F, 7 g KH

1 Das Kaninchenfleisch von den Sehnen befreien und in etwa 3 cm große Würfel schneiden. Paprikaschoten waschen und je nach Größe quer halbieren oder dritteln. Die Zwiebeln schälen und in etwa 1 1/2 cm breite Spalten schneiden. Lorbeerblätter waschen und trockentupfen. Alle vorbereiteten Zutaten abwechselnd auf die Spieße stecken.

2 Die Buttermilch mit Salz, Pfeffer und den leicht angedrückten Wacholderbeeren würzen. Schaschlikspieße in die Marinade legen und darin mindestens 5 Std. ziehen lassen.

3 Den Grillrost mit Alufolie auslegen, einölen. Die Spieße darauf geben, mit etwa 10 cm Abstand zur Glut 15–20 Min. grillen, dabei immer wieder wenden.

AUSTAUSCH-TIPP

Erfolglos gewesen bei der Suche nach Mini-Paprikaschoten? Kein Thema, greifen Sie dann einfach zu einer großen Schote (Farbe egal) und schneiden sie in 15–20 Stücke. Mit den übrigen Zutaten aufspießen.

oben: Satéspieße mit Erdnusssauce | unten: Buntes Kaninchen-Schaschlik

macht was her | für Gäste

Kalbsröllchen mit Senf-Limetten-Butter

Die aromatische Butter verleiht den feinen Röllchen innen wie außen einen zarten Schmelz, der Speckmantel hält sie herrlich saftig. Ein wahres Geschmackserlebnis!

Für die Senf-Limetten-Butter
2 Bio-Limetten
200 g weiche Butter
4 EL körniger Senf
Salz | Pfeffer
Für die Kalbsröllchen
8 Kalbsschnitzel (je etwa 80 g)
Salz | Pfeffer
8 kleine Stängel Basilikum
16 Scheiben durchwachsener Speck (etwa 110 g, z. B. Pancetta oder Coppa, ersatzweise Parma- oder Serranoschinken)
Zahnstocher zum Feststecken

Für 4 Personen
25 Min. Zubereitung | 10–15 Min. Grillen
Pro Portion ca. 605 kcal, 42 g EW, 48 g F, 1 g KH

1 Für die Butter die Limetten heiß waschen und die Schale fein abreiben. Die Limettenschale mit der Butter und dem Senf gründlich verrühren. Mit Salz und Pfeffer abschmecken.

2 Die Kalbsschnitzel nebeneinander auf der Arbeitsfläche auslegen und flacher klopfen. Dafür die platte Seite eines Fleischklopfers oder auch die breite Seite eines großen, schweren Messers verwenden (Bild 1).

3 Die obere Seite jedes Kalbsschnitzels dick mit 2–3 TL Senf-Limetten-Butter bestreichen. Die übrige Butter kühl stellen. Die Schnitzel mit Salz und Pfeffer würzen. Die Blätter von je 1 Basilikumstängel an eine Schmalseite legen und die Kalbsschnitzel von dieser Seite her aufrollen (Bild 2).

4 Die Kalbsröllchen mit je 2 Scheiben Speck umwickeln. Die Enden mit einem Zahnstocher feststecken.

5 Die Kalbsröllchen auf den Grillrost legen und mit etwa 10 cm Abstand zur Glut 10–15 Min. grillen, dabei immer wieder wenden. Mit der übrigen Senf-Limetten-Butter servieren (Bild 3).

GUT ZU WISSEN

Am besten umwickeln Sie die Kalbsröllchen mit der milden, aromatischen Pancetta. Für diesen zarten Speck aus Italien werden Schweinebauchstücke je nach Region mit Kräutern wie Rosmarin oder Salbei gewürzt, mit Salz eingerieben, manchmal auch noch leicht gesäuert, gerollt und dann an der Luft getrocknet. Genauso fein ist die italienische Coppa, die man aus muskulösen und fettdurchwachsenen Teilen von Schweinevorderkeule, -nacken oder -hals herstellt. Das Fleisch wird gerollt, in Rinderdärme gefüllt und in Netze gehüllt. Danach kommt der Speck 10–18 Tage in eine Salzlake und reift anschließend 5–6 Monate an der Luft. Kaufen können Sie beide Spezialitäten in italienischen Feinkostläden, beim gut sortierten Metzger oder auch in großen Supermärkten (hier oft bereits luftdicht abgepackt.)

1

2

3

Hôtel
Monopol

fruchtig | aromatisch

Kalbsschnitzel mit Marsala und Orangen

4 Orangen (davon 1 kleine Bio-Orange)
3 Knoblauchzehen | 4 Stängel Basilikum
8 EL Marsala (ersatzweise Sherry)
8 EL Olivenöl | Salz | Pfeffer
4 flach geklopfte Kalbsschnitzel (je etwa 175 g, ½ cm dick)
4 EL eiskalte Butter

Für 4 Personen | 25 Min. Zubereitung
5 Std. Marinieren | 6–8 Min. Grillen
Pro Portion ca. 530 kcal, 37 g EW, 36 g F, 11 g KH

1 Bio-Orange heiß waschen, die Schale dünn abschälen und in feine Streifen schneiden. 2 Orangen so schälen, dass auch die weiße Haut mit entfernt wird. Fruchtfleisch aus den Trennhäuten herausschneiden, abdecken und beiseite stellen. Übrige Orangen auspressen. Knoblauch schälen und in feine Scheiben, Basilikum in Streifen schneiden.

2 Orangenschale und -saft mit Knoblauch, Basilikum, Marsala, Öl, Salz und Pfeffer verrühren. Die Kalbsschnitzel darin mindestens 5 Std. marinieren.

3 Schnitzel aus der Marinade nehmen, Marinade in einen Topf geben und in 6–8 Min. bei starker Hitze einkochen lassen. Butter in kleinen Flöckchen unterschlagen. Die Sauce mit Salz und Pfeffer abschmecken. Orangenfilets einlegen und heiß werden lassen. Die Sauce warm halten.

4 Schnitzel auf den Grillrost legen und mit etwa 10 cm Abstand zur Glut 6–8 Min. grillen, dabei einmal wenden. Mit Orangen-Marsala-Sauce servieren.

Italien-Klassiker neu entdeckt

Lamm-Saltimbocca

4 Lammhüftsteaks (je etwa 150 g)
Salz | Pfeffer
16 Salbeiblätter
8 große dünne Scheiben Parmaschinken (etwa 120 g)
Alufolie und Olivenöl zum Grillen

Für 4 Personen
10 Min. Zubereitung | 8 Min. Grillen
Pro Portion ca. 655 kcal, 31 g EW, 60 g F, 2 g KH

1 Die Lammsteaks einmal quer durchschneiden, mit Salz und Pfeffer würzen. Die Salbeiblätter waschen und trockentupfen.

2 Jede Steakhälfte mit 2 Salbeiblättern belegen, mit je 1 Scheibe Parmaschinken locker umwickeln.

3 Den Grillrost mit Alufolie auslegen und einölen. Die Lamm-Saltimbocca darauf legen und mit etwa 10 cm Abstand zur Glut etwa 8 Min. grillen, dabei einmal wenden.

UND DAZU?

Wenn Sie ein richtiger Saucenliebhaber sind, sollten Sie zu den Saltimbocca unbedingt mal diese Rotweinsauce probieren: Je 1 kleine Zwiebel und Möhre schälen, in ganz feine Würfel schneiden und in 1 EL Butter 1–2 Min. andünsten. ¼ l trockenen Rotwein angießen und etwa 5 Min. bei starker bis mittlerer Hitze einkochen lassen. Dann die Sauce mit dem Stabmixer pürieren. 2 EL kalte Butterflöckchen unterschlagen, mit 1 Prise Zucker, Salz und Pfeffer abschmecken.

oben: Lamm-Satimbocca | unten: Kalbsschnitzel mit Marsala und Orangen ein Muss für Steak-Fans!

Pfeffersteaks mit Rosmarin

2 Zweige Rosmarin
2 EL Pfefferkörner | 4 EL Olivenöl
4 TL Honig | Salz
4 Rinderlenden- oder Rinderfiletsteaks
(je 180 g, etwa 3 cm dick)

Für 4 Personen | 10 Min. Zubereitung
30 Min. Marinieren | 8 Min. Grillen
Pro Portion ca. 330 kcal, 38 g EW, 19 g F, 8 g KH

1 Den Rosmarin waschen, trockenschütteln und die Nadeln von den Zweigen streifen. Die Pfefferkörner im Mörser grob zerstoßen. Beides mit Öl, Honig und Salz zu einer Marinade verrühren.

2 Die Steaks mit Küchenpapier trockentupfen und von allen Sehnen befreien, eventuelle Fettränder im Abstand von 3–4 cm einschneiden. Die Steaks mit der Marinade einreiben, abgedeckt bei Zimmertemperatur etwa 30 Min. ruhen und ziehen lassen.

3 Die Steaks auf den Grillrost legen und mit etwa 10 cm Abstand zur Glut in etwa 8 Min. rosa grillen, dabei einmal wenden.

RAW, RARE, MEDIUM ODER WELL DONE – WIE MÖCHTEN SIE IHR STEAK?

Soll es medium (innen rosa) sein, grillen Sie das 180-g-Steak wie im Rezept angegeben. Wer es raw (innen roh, außen mit dünner brauner Kruste) möchte, legt es insgesamt 2–4 Min. auf den Rost. Rare (mit einem blutigen Kern) wird das Steak in 4–6 Min. und well done (durchgebraten) in 10–12 Min.

deftig

Holzfällersteaks mit Zwiebeln

4 Schweinenackensteaks (je 200 g, etwa 2 cm dick)
2 TL getrockneter Majoran
2 TL edelsüßes Paprikapulver
Salz | Pfeffer
2 große rote Zwiebeln

Für 4 Personen | 10 Min. Zubereitung
30 Min. Marinieren | 10 Min. Grillen
Pro Portion ca. 395 kcal, 34 g EW, 28 g F, 2 g KH

1 Die Schweinenackensteaks mit Küchenpapier trockentupfen. Mit Majoran, Paprikapulver, Salz und Pfeffer würzen und einreiben. Abgedeckt bei Zimmertemperatur etwa 30 Min. ruhen und ziehen lassen.

2 Die Zwiebeln schälen und in dünne Ringe schneiden. Abdecken und beiseite stellen.

3 Die Steaks auf den Grillrost legen und mit etwa 10 cm Abstand zur Glut etwa 10 Min. grillen, dabei einmal wenden. Mit den Zwiebelringen servieren.

VARIANTE – WÜRZE FÜRS AROMA

Statt dem Majoran-Paprikapulver-Mix (Salz und Pfeffer kommen immer dazu) schmecken auch andere Gewürzmischungen: Die Nadeln von 1 großen Zweig Rosmarin mit 1 Stück Bio-Zitronenschale sehr fein hacken oder 1 EL Zitronen-Kräuter-Öl (Seite 64) mit 2 TL getrockneten Kräutern der Provence vermischen und die Steaks damit einreiben. Oder das Fleisch einfach mit Barbecue-Sauce (Seite 64) einpinseln.

links: Holzfällersteaks mit Zwiebeln | rechts: Pfeffersteaks mit Rosmarin

Klassiker aus den USA

BBQ-Spareribs

2 kg fleischige Spareribs (vom Metzger in 10–15 cm lange Stücke hacken lassen) | Salz
2 Zwiebeln | 2 Knoblauchzehen
4 EL Butter | 100 ml Weißweinessig
300 g Tomatenketchup
200 g Barbecue Sauce (aus dem USA-Regal im gut sortierten Supermarkt oder selbst gemachte von Seite 64, ersatzweise Tomatenketchup)
Pfeffer

Für 4 Personen | 20 Min. Zubereitung
30 Min. Kochen | 5 Std. Marinieren
10 Min. Grillen
Pro Portion ca. 555 kcal, 24 g EW, 39 g F, 30 g KH

1 Spareribs von größeren Fettstücken befreien. Dann in einem großen Topf mit leicht gesalzenem Wasser bedecken. Zum Kochen bringen und die Ribs bei schwacher Hitze in 30 Min. weich garen, dabei den entstehenden Schaum abschöpfen. Abgießen und trockentupfen.

2 Zwiebeln und Knoblauch schälen, fein würfeln. Butter in einem Topf zerlassen, die Zwiebeln und den Knoblauch darin bei mittlerer Hitze 1–2 Min. dünsten. Essig, Ketchup und Barbecue Sauce dazugeben und 1–2 Min. kochen lassen. Dann alles mit dem Pürierstab kurz durchmixen. Die Sauce mit Salz und Pfeffer würzen. Spareribs damit bedecken und mindestens 5 Std. marinieren.

3 Die Spareribs aus der Marinade nehmen und auf den Grillrost legen. Mit etwa 10 cm Abstand zur Glut etwa 10 Min. grillen, dabei immer wieder wenden und mit Marinade einpinseln.

Newcomer aus Jamaika

Jerk-Schweinerippchen

4 frische große, scharfe rote Chilischoten
2 Zwiebeln | 2 Knoblauchzehen
1 große Orange
2 TL gemahlenes Piment
4 EL Rohrohrzucker | 8 EL Olivenöl
6 EL Tomatenketchup | Salz
2 kg fleischige Spareribs (vom Metzger in 10–15 cm lange Stücke hacken lassen)

Für 4 Personen | 20 Min. Zubereitung
5 Std. Marinieren | 30 Min. Grillen
Pro Portion ca. 675 kcal, 22 g EW, 53 g F, 25 g KH

1 Die Chilis waschen, entstielen und samt den Kernen in dünne Ringe schneiden. Die Zwiebeln schälen und klein würfeln. Den Knoblauch schälen und durch die Presse drücken. Den Saft der Orange auspressen. Alles mit Piment, Zucker, Öl, Ketchup und Salz zu einer Marinade verrühren.

2 Die Spareribs waschen, trockentupfen, in die einzelnen Rippen schneiden und von größeren Fettstücken befreien. Spareribs mit der Marinade bestreichen und mindestens 5 Std. darin ziehen lassen, dabei ab und zu wenden.

3 Die Spareribs aus der Marinade nehmen und auf den Grillrost legen. Mit etwa 10 cm Abstand zur Glut etwa 30 Min. grillen, dabei immer wieder wenden und mit Marinade einpinseln.

SPEED-TIPP

Die Grillzeit verkürzt sich auf etwa 10 Min., wenn Sie die Spareribs, wie im Rezept links beschrieben, in Salzwasser ganz sanft vorgaren.

oben: BBQ-Spareribs | unten: Jerk-Schweinerippchen

mild & fruchtig

Süßsaure Entenbrust

2 Entenbrustfilets (mit Haut, je etwa 380 g)
150 g Honig | 150 ml Balsamico bianco
2 Knoblauchzehen | Salz | Pfeffer
1 Dose Ananasstücke (Inhalt 430 g)
100 ml Geflügel- oder Gemüsebrühe
2 gehäufte TL Speisestärke
Alufolie zum Grillen

Für 4 Personen | 20 Min. Zubereitung
5 Std. Marinieren | 20–25 Min. Kochen und Grillen
Pro Portion ca. 665 kcal, 36 g EW, 33 g F, 56 g KH

1 Entenbrustfilets waschen und trockentupfen. Honig und Essig in einem Topf bei starker Hitze in 7–8 Min. sirupartig einkochen lassen. Knoblauch schälen und dazupressen, salzen und pfeffern. Vom Sirup 5 EL abnehmen und die Filets damit einstreichen, mindestens 5 Std. marinieren lassen.

2 Übrigen Sirup mit Ananas samt Saft und Brühe aufkochen. Stärke mit 3 EL kaltem Wasser anrühren, untermischen. Die Sauce kurz kochen lassen, bis sie dicklich ist. Salzen, pfeffern und beiseite stellen.

3 Grillrost mit Alufolie auslegen. Entenbrustfilets mit der Haut nach unten mit etwa 10 cm Abstand zur Glut darauf legen. Dabei die Filets an den Rand des Grills legen, wo die Hitze nicht so stark ist. Die Filets 12–15 Min. grillen, bis die Haut schön knusprig ist. Wenden und die Fleischseite noch 1–2 Min. grillen. Dann vom Grill nehmen und in etwa ½ cm dicke Scheiben schneiden. Die Filetscheiben in die Mitte des Grills legen und in etwa 4 Min. fertig garen, dabei einmal wenden. Die Sauce erhitzen und zu den Entenbrustfiletscheiben servieren.

immer für eine Überraschung gut

Gefüllte Hackbällchen

1 Bund Frühlingszwiebeln
600 g Rinderhackfleisch
1 EL Tomatenmark | 1 EL mittelscharfer Senf
1 TL edelsüßes Paprikapulver
fein abgeriebene Schale von 1 Bio-Zitrone
Salz | Pfeffer

Für die Füllung

12 eingelegte, mit Frischkäse gefüllte Kirschpaprikaschoten **oder**
12 sehr große, entsteinte, in Kräutern und Knoblauch eingelegte, grüne Oliven **oder**
6 eingelegte, mit Frischkäse gefüllte Chilischoten (jeweils quer halbiert) **oder**
6 eingelegte, gefüllte Weinblätter (jeweils quer halbiert), alles aus dem Feinkostladen

Für 4 Personen
20 Min. Zubereitung | 20 Min. Grillen
Pro Portion ca. 405 kcal, 35 g EW, 28 g F, 3 g KH

1 Frühlingszwiebeln waschen, putzen und samt dem hellen Grün in sehr feine Ringe schneiden. Mit dem Hackfleisch, Tomatenmark, Senf, Paprikapulver, Zitronenschale, Salz und Pfeffer gründlich zu einer homogenen Masse verarbeiten.

2 Hackfleischmasse in 12 gleich große Portionen teilen. Jede Portion in einer Handfläche gut flach drücken und je 1 Kirschpaprika, Olive, Chili- oder Weinblatthälfte darauf geben. Mit der Hackmasse umhüllen und zu Bällchen formen.

3 Die Hackbällchen auf den Grillrost legen. Mit etwa 10 cm Abstand zur Glut etwa 20 Min. grillen, dabei immer wieder wenden.

oben: Gefüllte Hackbällchen | unten: Süßsaure Entenbrust

Fisch & Meeresfrüchte

Gut möglich, dass Garnele, Tintenfisch, Sardine, Tunfisch & Co. dem Rindersteak bald den ersten Platz in der Gunst der Grillfans streitig machen. Bei so viel Saftigkeit und Wohlgeschmack – beides eindeutige Erkennungsmerkmale des Fenchel-Lachses – wahrlich kein Wunder!

Fenchel-Lachs mit Senf

1 getrocknete Chilischote
2 TL grobes Meersalz
4 TL Fenchelsamen
4 EL Dijon-Senf mit Honig
6 EL Walnuss- oder Mandelöl
(ersatzweise Olivenöl)
4 Lachsfilets (je etwa 250 g, mit Haut,
möglichst aus dem Mittelstück)
Alufolie und Öl zum Grillen

Für 4 Personen | ◷ 15 Min. Zubereitung
30 Min. Marinieren | 10–15 Min. Grillen
Pro Portion ca. 710 kcal, 51 g EW, 55 g F, 2 g KH

1 Die Chilischote zerbröseln und im Mörser mit dem Salz fein zerreiben. Die Fenchelsamen dazugeben und kurz mitmörsern. Alles mit Senf und Öl zu einer cremigen Sauce verschlagen.

2 Die Haut der Lachsfilets unter dem fließenden Wasserstrahl mit dem Messerrücken schuppen, Filets waschen und trockentupfen. Mit der Sauce bestreichen, abdecken und 30 Min. kühl stellen und ziehen lassen.

3 Den Grillrost mit Alufolie auslegen und einölen. Die Fenchel-Lachsfilets mit der Hautseite nach unten darauf legen und mit etwa 10 cm Abstand zur Glut 10–15 Min. grillen, dabei einmal wenden.

mild-aromatisch

Garnelenspieße

20 ungeschälte rohe Riesengarnelen (700 g) | 12 große Frühlingszwiebeln | 24 Kirschtomaten | 5 EL Zitronensaft | Salz | Pfeffer | 4 EL Olivenöl | 12 lange Holzspieße | Alu-Grillschale

Für 4 Personen
20 Min. Zubereitung | 15–20 Min. Grillen
Pro Portion ca. 215 kcal, 20 g EW, 14 g F, 2 g KH

1 Garnelen schälen, vom Darm befreien, waschen und trockentupfen. Frühlingszwiebeln waschen, putzen und das dunkle Grün entfernen, Zwiebeln in Stücke schneiden. Die Tomaten waschen. Alles abwechselnd auf die Spieße stecken. Mit Zitronensaft beträufeln, salzen und pfeffern.

2 Den Grillrost mit einer Alu-Grillschale auslegen. Die Spieße darauf geben und mit etwa 10 cm Abstand zur Glut 15–20 Min. grillen, dabei immer wieder wenden und mit dem Öl beträufeln.

für besondere Anlässe

Seeteufel-Papaya-Spieße

700 g Seeteufel | 800 g Papaya | 4 rote Zwiebeln | 6 EL Limettensaft | 1 TL gemahlener Kreuzkümmel | Salz | Pfeffer | 4 EL Olivenöl | 8 lange Holzspieße | Alufolie

Für 4 Personen
15 Min. Zubereitung | 10–15 Min. Grillen
Pro Portion ca. 295 kcal, 28 g EW, 14 g F, 14 g KH

1 Seeteufel trockentupfen und etwa 3 cm groß würfeln. Papayastück entkernen, schälen und ebenso groß würfeln oder in Spalten schneiden. Die Zwiebeln schälen und in dünne Spalten schneiden. Alles abwechselnd auf die Spieße stecken. Mit Limettensaft beträufeln, mit Kreuzkümmel, Salz und Pfeffer würzen.

2 Den Grillrost mit Alufolie auslegen. Die Spieße darauf geben und mit etwa 10 cm Abstand zur Glut 10–15 Min. grillen, dabei immer wieder wenden und mit dem Öl beträufeln.

kräuter-zitronen-frisch

Mini-Tintenfisch-Spieße

700 g Mini-Tintenfische | 400 g milde, kleine rote oder grüne Chilischoten (Ersatz: Paprikaschoten in Stücken) | 2 große Bund Petersilie | 2 Knoblauchzehen | fein abgeriebene Schale und 4 EL Saft von 1 Bio-Zitrone | Salz | Pfeffer | 10 EL Olivenöl | 8 lange Holzspieße | Alu-Grillschale

Für 4 Personen | 15 Min. Zubereitung
5 Std. Marinieren | 30–35 Min. Grillen
Pro Portion ca. 425 kcal, 29 g EW, 31 g F, 8 g KH

1 Die Tintenfische waschen und trockentupfen, Chilis waschen. Beides abwechselnd auf die Spieße stecken. Petersilie waschen und trockenschütteln, Knoblauch schälen, beides grob hacken. Mit Zitronenschale und -saft, Salz, Pfeffer und Öl verrühren. Die Spieße darin 5 Std. marinieren.

2 Grillrost mit einer Alu-Grillschale belegen. Spieße darauf geben und mit etwa 10 cm Abstand zur Glut 30–35 Min. grillen, dabei immer wieder wenden.

für Festtage | edel

Safran-Jakobsmuscheln

1 Zwiebel | 1 Döschen Safranpulver (0,1 g) | 2 EL Butter | 200 ml Fischfond | 50 ml weißer Portwein (ersatzweise Fischfond) | 2 kleine Zucchini | 16 ausgelöste Jakobsmuscheln (etwa 600 g, ohne Corail) | Salz | Pfeffer | 4 lange Holzspieße

Für 4 Personen
20 Min. Zubereitung | 10–15 Min. Grillen
Pro Portion ca. 200 kcal, 29 g EW, 8 g F, 2 g KH

1 Zwiebel schälen, fein würfeln, mit Safran in der zerlassenen Butter andünsten. Fond und Wein angießen, etwa 12 Min. bei starker Hitze einkochen lassen. Zucchini waschen, längs in sehr dünne Scheiben schneiden. Mit Muscheln ziehharmonikaartig auf Spieße stecken, salzen, pfeffern. Sauce pürieren, salzen und pfeffern, warm halten.

2 Spieße auf den Rost legen und mit etwa 10 cm Abstand zur Glut 10–15 Min. grillen, dabei immer wieder wenden. Mit der Sauce servieren.

nussig-scharf

Tunfisch mit Nussöl und Meerrettich

1 Stück frischer Meerrettich (6–7 cm)
3 EL Zitronensaft
1 TL Zucker | Salz | Pfeffer
6 EL Nussöl (z. B. Walnuss- oder Haselnussöl)
4 Scheiben Tunfisch (je 200 g, 3 cm dick)

Für 4 Personen | ◎ 10 Min. Zubereitung
5 Std. Marinieren | 4 Min. Grillen
Pro Portion ca. 630 kcal, 43 g EW, 49 g F, 3 g KH

1 Den Meerrettich schälen und etwa 2 EL davon fein abreiben. Den Rest abgedeckt beiseite legen. Geriebenen Meerrettich mit Zitronensaft, Zucker, Salz und Pfeffer verrühren, das Öl unterschlagen.

2 Den Tunfisch trockentupfen, in der Marinade wenden und mindestens 5 Std. darin ziehen lassen.

3 Die Tunfischscheiben auf den Grillrost legen. Mit etwa 10 cm Abstand zur Glut etwa 4 Min. grillen, so dass innen noch ein »blutiger« Kern bleibt, dabei einmal wenden. Den restlichen Meerrettich nach Geschmack darüber reiben und servieren.

EXTRA-TIPP

Nach dem Grillen mit dem Meerrettich noch gehackte, geröstete Wal- oder Haselnüsse darüber geben.

GUT ZU WISSEN – DIE GARZEIT MACHT'S

Nur wenn man den Tunfisch rare grillt, also mit blutigem Kern, bleibt das Fischfleisch herrlich saftig. Allerdings ist das nicht jedermanns Sache. Wer den Tunfisch gerne völlig durchgegart essen möchte, lässt die Scheiben 3–4 Min. länger auf dem Rost.

sommerlich | mediterran

Schwertfisch mit Oliven-Mandel-Butter

Für den Fisch
1 Zwiebel | 1 Knoblauchzehe
1 EL Butter
fein abgeriebene Schale und Saft von 1 Bio-Orange
4 Scheiben Schwertfisch (je 200 g, 2 cm dick)
Salz | Pfeffer

Für die Oliven-Mandel-Butter
75 g weiche Butter
75 g entsteinte grüne Oliven
2 EL gehäutete gemahlene Mandeln
Salz | Pfeffer

Für 4 Personen | ◎ 10 Min. Zubereitung
1 Std. Marinieren | 10 Min. Grillen
Pro Portion ca. 470 kcal, 41 g EW, 31 g F, 4 g KH

1 Die Zwiebel und den Knoblauch schälen und fein würfeln. Die Butter bei mittlerer Hitze zerlassen und Zwiebel, Knoblauch und die Orangenschale kurz darin andünsten. Mit Orangensaft ablöschen, pürieren und abkühlen lassen. Den Fisch mit Salz und Pfeffer würzen, mit der Marinade bestreichen und mindestens 1 Std. ziehen lassen.

2 Inzwischen für die Butter alle Zutaten pürieren. Mit Salz und Pfeffer abschmecken. Kühl stellen.

3 Die Schwertfischscheiben nebeneinander auf den Grillrost legen und mit etwa 10 cm Abstand zur Glut etwa 10 Min. grillen, dabei einmal wenden. Mit der Oliven-Mandel-Butter servieren.

oben: Schwertfisch mit Oliven-Mandel-Butter | unten: Tunfisch mit Nussöl und Meerrettich

1

2

3

gästefein | rauchwürzig

Geräucherte Asia-Saiblinge

Extra-Raffinesse erhalten die Fische im würzigen Rauch, der sich im geschlossenen Grill fängt. Aber auch nur über Glut gegrillt sind sie köstlich. Dann allerdings bitte wenden!

Für die Saiblinge
8 Kaffir-Limettenblätter | 2 Knoblauchzehen
1 Stück frischer Ingwer (etwa 4 cm)
1 Bund Koriander
4 küchenfertige Saiblinge (je etwa 350 g, ersatzweise Makrelen oder Forellen)
Saft von 2 Limetten | 3 EL Ketjap manis (süße Sojasauce | 2 EL dunkle Sojasauce | Salz
Sesamöl zum Grillen
Für das Rauchgut
3 große Hand voll Kaffir-Limettenblätter
4 Stangen Zitronengras

Für 4 Personen
⌚ 25 Min. Zubereitung | 12–15 Min. Grillen
Pro Portion ca. 450 kcal, 41 g EW, 30 g F, 3 g KH

1 Für die Saiblinge Limettenblätter waschen und in feine Streifen schneiden. Knoblauch und Ingwer schälen und in dünne Scheiben schneiden. Den Koriander abbrausen und trockenschütteln.

2 Saiblinge waschen und trockentupfen. Bauchhöhlen mit den Limettenblätterstreifen, Knoblauch- und Ingwerscheiben und je 1–2 Stängeln Koriander füllen (Bild 1). Restlichen Koriander grob hacken.

3 Limettensaft mit Ketjap manis und Sojasauce verrühren, eventuell salzen. Etwas von der Sauce in die Bauchhöhlen träufeln, die Fische mit der restlichen Sauce rundum einpinseln. Für das Rauchgut Limettenblätter und Zitronengras grob hacken.

4 Den Grillrost einölen und die Fische darauf legen. Das Rauchgut in die glühenden Kohlen streuen. Den Grillrost auflegen und die Saiblinge mit etwa 10 cm Abstand zur Glut 12–15 Min. grillen. Dabei den Grill gut mit dem Deckel verschließen (Bild 2), so dass sich ausreichend Hitze, die das Wenden unnötig macht, und Rauch fürs Aroma entwickeln können.

5 Die Fische vorsichtig auf eine Platte legen, mit dem gehackten Koriander bestreuen und servieren.

GUT ZU WISSEN – RÄUCHER-FINESSEN

Erst wenn die Kohlen mit weißer Asche überzogen und grillbereit sind, mit dem Garen und Räuchern beginnen. Das Rauchgut gleichmäßig über die Kohlen streuen und los geht's. Wenn Sie es vorher etwa 30 Min. in Wasser einweichen, entwickelt sich mehr Rauch. Dann die Fische (geht auch mit Fleisch- und Geflügelstücken) mit ausreichend Abstand auf den Rost legen, so dass sie nicht zusammenkleben und wirklich rundum Rauch abbekommen. Damit sich dieser voll entfalten und ins Grillgut eindringen kann, unbedingt den Deckel ganz schließen (die integrierten Luftzüge in den Grills sorgen dabei dafür, dass die Glut nicht ausgeht). Übrigens: Es gibt auch fertige Räuchermehle oder -späne in den unterschiedlichsten »Geschmacksrichtungen« zu kaufen (Anglerfachgeschäfte, Internet). Feine Alternativen: Teeblätter oder getrocknete Kräuter. Und: Je schwächer die Glut ist, desto länger kann geräuchert werden.

mediterran | leicht

Zitronen-Forellen mit Kapern

2 große Bio-Zitronen
2 EL Meersalz
8 Stängel Petersilie
4 küchenfertige Forellen (je etwa 300 g)
Pfeffer
4 EL Kapern
Grillkörbe und Olivenöl zum Grillen

Für 4 Personen
20 Min. Zubereitung | 10 Min. Grillen
Pro Portion ca. 165 kcal, 29 g EW, 4 g F, 0 g KH

1 Die Zitronen heiß waschen, von 1 Zitrone die Schale fein abreiben und den Saft auspressen. Die zweite Zitrone in dünne Scheiben schneiden, 4 Scheiben jeweils halbieren. Die Zitronenschale gründlich mit dem Meersalz vermischen. Die Petersilie waschen und trockenschütteln.

2 Die Forellen waschen und trockentupfen, auf einer Seite mehrmals mit etwa 2 cm Abstand schräg einschneiden. Die Fische innen und außen mit dem Zitronensaft beträufeln und pfeffern.

3 Die Bauchhöhlen der Forellen mit jeweils 1 EL Kapern, 2 Zitronenscheibenhälften und 2 Petersilienstängeln füllen. Außen mit dem Zitronen-Meersalz einreiben. Vier Grillkörbe gründlich einölen und die Fische darin einspannen, dabei die ganzen Zitronenscheiben auf die Forellen legen.

4 Die Grillkörbe auf den Grillrost legen und die Forellen mit etwa 10 cm Abstand zur Glut etwa 10 Min. grillen, dabei einmal wenden.

klein, aber fein

Kräuter-Knoblauch-Sardinen

750 g Sardinen
1 Bund Petersilie
je 4 Zweige Thymian und Rosmarin
1 kleines Bund Basilikum
4 Knoblauchzehen
10 EL Olivenöl
(Meer)Salz | Pfeffer
1 große Zitrone | Alufolie zum Grillen

Für 4 Personen | 20 Min. Zubereitung
1 Std. Marinieren | 5 Min. Grillen
Pro Portion ca. 410 kcal, 22 g EW, 35 g F, 4 g KH

1 Die Sardinen waschen, dabei die Schuppen vom Schwanz zum Kopf hin abreiben, falls nötig mit dem Messerrücken abschaben. Die Köpfe abschneiden und die Bauchhöhlen aufschlitzen. Bauchhöhlen gründlich auswaschen, die Fische trockentupfen.

2 Die Kräuter waschen und trockenschütteln, den Knoblauch schälen. Beides fein hacken und mit Olivenöl, Salz und Pfeffer vermischen. Die Sardellen gut in der Kräuter-Öl-Mischung wenden und 1 Std. marinieren.

3 Grillrost mit Alufolie auslegen. Sardinen darauf geben und mit etwa 10 cm Abstand zur Glut etwa 5 Min. grillen, dabei einmal wenden. Die Zitrone in Spalten schneiden und mit den Sardinen servieren.

KNUSPER-TIPP

Verleiht den Sardinen eine schöne Kruste: 2 EL Toastbrotbrösel, Semmelbrösel, gemahlene Mandeln oder Haselnüsse mit den Kräutern und dem Öl vermischen.

links: Kräuter-Knoblauch-Sardinen | rechts: Zitronen-Forellen mit Kapern

Gemüse & mehr

Ab jetzt gibt's keinen Grillabend ohne Paprika und Aubergine, Mais und Spargel – Gemüse, aber auch Brötchen, vegetarische Küchlein und vieles mehr gehören unbedingt auf den Rost. Sie bringen Abwechslung und knackige Frische auf den Teller – und reichlich Kräuterduft, hier samt knusprigem Speckmantel.

Kartoffeln im Speck-Rosmarin-Mantel

12 vorwiegend fest kochende, junge Kartoffeln (je 100 g, möglichst gleichmäßig geformt)
(Meer)Salz
4 große Zweige Rosmarin
24 lange schmale Scheiben Brettlspeck (oder anderer durchwachsener geräucherter Speck, etwa 200 g) | Pfeffer
50 g Butter
200 g saure Sahne | Alufolie zum Grillen

**Für 4 Personen | 15 Min. Zubereitung
35–37 Min. Garen und Grillen
Pro Portion ca. 640 kcal, 11 g EW, 48 g F, 39 g KH**

1 Die Kartoffeln gründlich waschen und bürsten, in Salzwasser in etwa 25 Min. gar, aber nicht zu weich kochen. Abgießen, etwas abkühlen lassen.

2 Den Rosmarin waschen, trockenschütteln und die Nadeln von den Zweigen streifen. Je 2 Speckscheiben leicht überlappend nebeneinander legen, mit gut drei Viertel des Rosmarins bestreuen.

3 Die Kartoffeln längs einschneiden und vorsichtig auseinander drücken. Mit Salz und Pfeffer würzen, übrige Rosmarinnadeln und die Butter in kleinen Flöckchen in den Einschnitten verteilen. Kartoffeln wieder leicht zusammendrücken und straff mit je 2 Speckscheiben umwickeln.

4 Den Grillrost mit Alufolie auslegen. Die Kartoffeln darauf legen und mit etwa 10 cm Abstand zur Glut 10–12 Min. knusprig grillen, dabei immer wieder wenden. Die saure Sahne glatt verrühren und zu den Kartoffeln servieren.

macht was her

Pilz-Allerlei vom Spieß

600 g gemischte Pilze (z. B. Austernpilze, Shiitake, Egerlinge, Pfifferlinge)
2 Knoblauchzehen
8 EL Olivenöl
Salz | Pfeffer
5 EL Semmelbrösel
8 lange Holzspieße | Alufolie zum Grillen

Für 4 Personen
15 Min. Zubereitung | 10 Min. Grillen
Pro Portion ca. 255 kcal, 7 g EW, 19 g F, 15 g KH

1 Die Pilze mit einem feuchten Küchenpapier abreiben oder mit einem Borstenpinsel von Erdresten befreien. Von den Austernpilzen nur die größeren Stiele, von den Shiitake-Pilzen alle Stiele abtrennen. Von den übrigen Pilzen nur die Stielenden abschneiden. Die Pilze je nach Größe ganz lassen, halbieren oder vierteln.

2 Pilze abwechselnd auf die Holzspieße stecken. Den Knoblauch schälen, durch die Presse drücken und mit 5 EL Olivenöl verrühren. Die Pilze damit gut einpinseln, salzen und pfeffern, dann mit den Semmelbröseln bestreuen.

3 Den Grillrost mit Alufolie auslegen und das restliche Öl darauf träufeln. Die Pilzspieße darauf legen und mit etwa 10 cm Abstand zur Glut etwa 10 Min. grillen, dabei immer wieder wenden.

AUSTAUSCH-TIPP

1 Scheibe Schwarzbrot in feine Brösel reiben, mit 2 EL fein gehackten Kräutern (z. B. Petersilie, Basilikum, Oregano) mischen und statt der fertigen Semmelbrösel auf die Pilzspieße streuen.

bunt gemischt

Würzige Gemüsespieße

16 fest kochende Mini-Kartoffeln (etwa 450 g)
8 Mini-Maiskolben
2 kleine Zucchini (etwa 300 g)
16 Kirschtomaten (etwa 300 g)
3 TL Senf (am besten Dijon-Senf mit Honig)
6 EL Zitronensaft
3 EL Olivenöl
Salz | Pfeffer
8 lange Holzspieße

Für 4 Personen
20 Min. Zubereitung | 12 Min. Grillen
Pro Portion ca. 305 kcal, 7 g EW, 11 g F, 44 g KH

1 Die Kartoffeln waschen und bürsten, dann in kochendem Wasser etwa 10 Min. vorgaren. Übriges Gemüse waschen und putzen. Die Maiskolben quer dritteln, Zucchini in 2 cm große Würfel schneiden. Die Tomaten ganz lassen.

2 Den Senf mit Zitronensaft und Olivenöl zu einer dicklichen Sauce verrühren, mit Salz und Pfeffer würzen. Das Gemüse abwechselnd auf die Spieße stecken und mit der Sauce einpinseln.

3 Die Spieße auf den Grillrost legen und mit etwa 10 cm Abstand zur Glut etwa 12 Min. grillen, dabei immer wieder wenden.

AUSTAUSCH-TIPP

Können Sie keine Mini-Kartoffeln bekommen? Kein Problem, einfach große Knollen nehmen und in 4-cm-Würfel schneiden. Auch keine Mini-Maiskolben im Laden? Stattdessen 1 Stück Aubergine (150 g) 2 cm groß würfeln, salzen, 30 Min. ziehen lassen und trockentupfen.

oben: Würzige Gemüsespieße | unten: Pilz-Allerlei vom Spieß

Klassiker – heute mal vom Grill

Spargel mit Bärlauch

100 g Bärlauch (ersatzweise Basilikum oder Petersilie)
7 EL Zitronensaft
8 EL Olivenöl
3 EL Honig | Salz | Pfeffer
2 kg weißer Spargel (etwa 1 ½ cm dick, möglichst gerade Stangen)
Alu-Grillschale

Für 4 Personen | 20 Min. Zubereitung
5 Std. Marinieren | 30 Min. Grillen
Pro Portion ca. 345 kcal, 8 g EW, 24 g F, 21 g KH

1 Den Bärlauch waschen und trockenschleudern, die Stängel abknipsen. Bärlauch grob schneiden und mit Zitronensaft, Olivenöl und Honig mit dem Stabmixer pürieren. Die Marinade mit Salz und Pfeffer würzen.

2 Die Spargelstangen schälen und die holzigen Enden abschneiden. Den Spargel mit der Marinade vermischen und mindestens 5 Std. ziehen lassen.

3 Den Grillrost mit einer Alu-Grillschale belegen. Spargelstangen darauf geben und mit etwa 10 cm Abstand zur Glut in etwa 30 Min. bissfest grillen, dabei immer wieder wenden.

AUSTAUSCH-TIPP

Genauso lecker schmeckt statt des weißen auch grüner Spargel. Diesen nur waschen und von holzigen Enden befreien, dann marinieren. Da grüner Spargel meist dünner ist als weißer, verringert sich die Grillzeit auf 15–20 Min. Ganz dünne Stangen können auch schon nach 10 Min. knackig gegart sein.

sweet & hot

Chili-Vanille-Kürbis

2 frische rote Chilischoten
1 Vanilleschote
1/4 l Weißwein (ersatzweise Gemüsebrühe)
80 ml Balsamico bianco
2 EL Zucker oder Honig
1 Stück Kürbis (etwa 1 ½ kg, z. B. Muskatkürbis)
Salz
Alufolie und Olivenöl zum Grillen

Für 4 Personen | 15 Min. Zubereitung
5 Std. Marinieren | 20–25 Min. Grillen
Pro Portion ca. 165 kcal, 3 g EW, 3 g F, 23 g KH

1 Die Chilischoten waschen, entstielen und in feine Ringe schneiden. (Wer den Kürbis später nicht ganz so scharf haben möchte, entfernt vorher die weißen Kernchen.) Die Vanilleschote der Länge nach aufschlitzen und das Mark herauskratzen.

2 Chilis mit Vanilleschote und -mark, Wein, Essig und Zucker oder Honig in einen großen Topf (der Kürbis muss darin Platz haben) geben und bei starker Hitze etwa 5 Min. kräftig kochen lassen.

3 Inzwischen den Kürbis von den Kernen samt dem faserigen Fruchtfleisch befreien. Den Kürbis in knapp 2 cm dicke Spalten schneiden und schälen. Marinade mit Salz würzen, die Kürbisspalten einlegen und 1–2 Min. darin kochen lassen. Dann mindestens 5 Std. im Sud ziehen lassen.

4 Den Grillrost mit Alufolie auslegen und einölen. Die Kürbisspalten darauf legen und mit etwa 10 cm Abstand zur Glut 20–25 Min. grillen, dabei immer wieder wenden.

links: Spargel mit Bärlauch | rechts: Chili-Vanille-Kürbis

Griechenland lässt grüßen | würzig

Paprika und Auberginen mit Schafkäse

2 kleine Auberginen (je etwa 300 g)
Salz | 4 Paprikaschoten (je etwa 200 g)
Pfeffer | 1 EL getrockneter Majoran oder Oregano
300 g Schafkäse
8 El Olivenöl
Alu-Grillschale

Für 4 Personen | 15 Min. Zubereitung
30 Min. Ruhen, 20 Min. Grillen
Pro Portion ca. 435 kcal, 24 g EW, 37 g F, 7 g KH

1 Die Auberginen waschen und vom Stiel befreien. Auberginen der Länge nach in 16 dünne Scheiben (nicht dicker als 1 cm) schneiden. Salzen und etwa 30 Min. ruhen und Saft ziehen lassen.

2 Dann Auberginenscheiben waschen, trockentupfen und die Hälfte davon auf der Arbeitsfläche auslegen, die andere Hälfte beiseite legen. Die Paprikaschoten waschen, längs halbieren, putzen. Jede Hälfte mit der Hautseite nach unten auf der Arbeitsfläche auslegen und flach drücken.

3 Gemüse mit Salz, Pfeffer und Majoran oder Oregano würzen. Schafkäse gleichmäßig darüber bröseln, nochmals würzen. Die Käse-Auberginenscheiben mit den beiseite gelegten Scheiben abdecken, gut andrücken. Jede Paprikahälfte zusammenklappen und ebenfalls gut andrücken.

4 Den Grillrost mit einer Alu-Grillschale belegen. Das Gemüse darauf geben und mit etwa 10 cm Abstand zur Glut etwa 20 Min. grillen, dabei immer wieder wenden und mit dem Öl beträufeln.

ungewöhnlich

Radicchio mit Ziegenkäse

4 große Köpfe Radicchio (je etwa 200 g, am besten der längliche Trevisano)
300 g Kirschtomaten
250 g Ziegenfrischkäse
60 g Semmelbrösel
9 EL Olivenöl
Salz | Pfeffer
Alufolie zum Grillen

Für 4 Personen
20 Min. Zubereitung | 6–8 Min. Grillen
Pro Portion ca. 435 kcal, 9 g EW, 37 g F, 16 g KH

1 Die Radicchio-Köpfe waschen, putzen und so durch den Strunk vierteln (Trevisano nur halbieren), dass die Blätter noch gut zusammenhalten.

2 Die Tomaten waschen und in sehr kleine Würfel schneiden. Den Frischkäse mit den Fingern zerbröseln und mit Tomaten, Semmelbröseln und 8 EL Olivenöl vermengen. Mit Salz und Pfeffer würzen.

3 Die Käse-Tomaten-Mischung zwischen den Radicchio-Blättern verteilen und die Blätter wieder fest zusammendrücken.

4 Den Grillrost mit Alufolie auslegen und das restliche Öl darauf träufeln. Gefüllte Radicchio-Viertel darauf mit etwa 10 cm Abstand zur Glut 6–8 Min. grillen, dabei einmal vorsichtig wenden.

links: Paprika und Auberginen mit Schafkäse | rechts: Radicchio mit Ziegenkäse

Klassiker

Maiskolben mit Kräuter-Knoblauch-Butter

Für die Maiskolben
8 Zuckermaiskolben
1 EL Butter
1 EL Zucker
6 EL Öl zum Bestreichen
Salz | Pfeffer
Für die Kräuter-Knoblauch-Butter
2 Knoblauchzehen
1 Bund gemischte Kräuter (z. B. Petersilie, Basilikum, Rosmarin, Thymian, Oregano)
100 g weiche Butter
Salz | Cayennepfeffer

Für 4 Personen
15 Min. Zubereitung | 10 Min. Grillen
Pro Portion ca. 470 kcal, 9 g EW, 27 g F, 48 g KH

1 Für den Mais in einem großen Topf reichlich Wasser aufkochen. Maiskolben von den Blättern und Fäden befreien, waschen und nach Belieben quer halbieren. Butter und Zucker ins Wasser geben. Maiskolben darin etwa 10 Min. vorgaren.

2 Inzwischen für die Kräuter-Knoblauch-Butter Knoblauch schälen und durch die Presse drücken. Kräuter waschen, trockenschütteln und fein hacken. Mit der Butter vermengen, mit Salz und Cayennepfeffer würzen. Kühl stellen.

3 Mais abgießen und trockentupfen, dann mit Öl bestreichen und mit Salz und Pfeffer würzen. Die Maiskolben auf den Grillrost legen und mit etwa 10 cm Abstand zur Glut etwa 10 Min. grillen, dabei immer wieder wenden. Mit Kräuterbutter servieren.

asiatisch inspiriert

Knuspriger Kokos-Sesam-Tofu

450 g Räuchertofu
200 ml Kokosmilch
4 EL Limettensaft
Salz
1 EL Currypulver
1 TL Kurkumapulver
1 TL gemahlener Kreuzkümmel
½ TL Cayennepfeffer
1 EL Honig
50 g Kokosraspel
50 g Sesamsamen
Alufolie und Sesamöl zum Grillen

Für 4 Personen | 10 Min. Zubereitung
5 Std. Marinieren | 10 Min. Grillen
Pro Portion ca. 365 kcal, 13 g EW, 29 g F, 11 g KH

1 Den Tofu abtropfen lassen und gründlich trockentupfen. Tofu in etwa 1 cm dicke Scheiben schneiden, mit der Gabel mehrmals einstechen. Große Scheiben quer halbieren.

2 Kokosmilch mit Limettensaft, Gewürzen und Honig verrühren. Tofuscheiben in die Marinade legen und darin mindestens 5 Std. ziehen lassen. Dann die Kokosraspel und Sesamsamen in einem tiefen Teller mischen. Den Tofu aus der Marinade nehmen, in der Kokos-Sesam-Mischung wenden.

3 Den Grillrost mit Alufolie auslegen und mit Sesamöl bestreichen. Tofu darauf legen und mit etwa 10 cm Abstand zur Glut etwa 10 Min. grillen, dabei einmal vorsichtig wenden.

oben: Knuspriger Kokos-Sesam-Tofu | unten: Maiskolben mit Kräuter-Knoblauch-Butter

schmeckt nach Italien

Quattro-Formaggi-Tramezzini

1 Kugel Mozzarella (125 g)
150 g Gorgonzola
100 g mittelalter Pecorino oder Parmesan
8 lange Scheiben Tramezzini-Brot
(ersatzweise 16 Scheiben Toastbrot)
150 g Ricotta
Salz | Pfeffer
Alufolie zum Grillen

Für 4 Personen
10 Min. Zubereitung | 6–7 Min. Grillen
Pro Portion ca. 575 kcal, 33 g EW, 32 g F, 40 g KH

1 Den Mozzarella in möglichst dünne Scheiben schneiden. Den Gorgonzola entrinden und in sehr kleine Würfel schneiden. Den Pecorino oder Parmesan entrinden und fein reiben.

2 Die Hälfte der Tramezzini-Scheiben auf der Arbeitsfläche auslegen und mit dem Ricotta bestreichen. Mit Salz und Pfeffer würzen. Mozzarella, Gorgonzola und Pecorino oder Parmesan darauf verteilen. Mit den restlichen Tramezzini-Scheiben abdecken und diese gut andrücken, dann die Brote quer halbieren.

3 Den Grillrost mit Alufolie auslegen. Die Tramezzini darauf legen und mit etwa 10 cm Abstand zur Glut 6–7 Min. grillen, bis der Käse zerlaufen ist und die Toasts knusprig sind. Dabei die Tramezzini einmal wenden und den Grill möglichst mit dem Deckel abdecken, damit der Käse gut schmilzt.

gelingt leicht

Reisküchlein mit Käse und Tomaten

1 EL Butter
100 g Langkornreis
4 getrocknete, in Öl eingelegte Tomaten
½ Bund Basilikum
80 g Provolone piccante (harter würziger Kuhmilchkäse, ersatzweise Parmesan oder Pecorino)
4 EL Semmelbrösel
2 Eier (Größe M)
Salz | Pfeffer
Alufolie und Olivenöl zum Grillen

Für 4 Personen | 20 Min. Zubereitung (ohne Auskühlen) | 15 Min. Kochen | 10–15 Min. Grillen
Pro Portion ca. 290 kcal, 12 g EW, 14 g F, 30 g KH

1 Die Butter in einem Topf zerlassen und den Reis darin bei mittlerer Hitze kurz andünsten. 1/4 l Wasser dazugießen, aufkochen und den Reis im geschlossenen Topf bei schwacher Hitze in etwa 15 Min. quellen und gar kochen lassen. Topf vom Herd ziehen und den Reis auskühlen lassen.

2 Die Tomaten in sehr feine Streifen oder kleine Würfel schneiden. Basilikum grob hacken, den Käse entrinden und fein reiben. Alles mit Semmelbröseln und Eiern unter den kalten Reis mengen. Mit Salz und Pfeffer würzen. Die Masse zu 12 gleich großen Bällchen formen, flach drücken.

3 Den Grillrost mit Alufolie auslegen und einölen. Küchlein darauf legen und mit etwa 10 cm Abstand zur Glut 10–15 Min. grillen, dabei einmal wenden.

oben: Reisküchlein mit Käse und Tomaten | unten: Quattro-Formaggi-Tramezzini für Kinder

Stockbrote

½ Würfel frische Hefe (21 g)
½ TL Zucker
200 g Mehl + Mehl zum Arbeiten
1 TL Salz
2 EL Olivenöl
4 lange Stäbe (½ cm ∅, mindestens 40 cm lang, am besten aus Bambus)

Für 4 Stück | 20 Min. Zubereitung
1 Std. Ruhen | 5 Min. Grillen
Pro Stück ca. 245 kcal, 6 g EW, 7 g F, 40 g KH

1 Die Hefe zerbröckeln und mit dem Zucker und 2 EL lauwarmem Wasser verrühren, bis sie sich aufgelöst hat.

2 Aufgelöste Hefe mit Mehl, Salz, Olivenöl und etwa 100 ml lauwarmem Wasser mit den Knethaken des Handrührgerätes zu einem glatten Hefeteig verkneten. Mit einem feuchten Tuch abdecken und an einem warmen Ort etwa 1 Std. ruhen und gehen lassen.

3 Dann den Teig in vier gleich große Stücke teilen und jeweils auf der leicht bemehlten Arbeitsfläche zu etwa 35 cm langen Strängen rollen. Die Teigstränge so spiralförmig um ein Ende der Stäbe wickeln, dass immer etwas Bambus zwischen dem Teig hindurchschaut. Teig am oberen und unteren Ende gut festdrücken.

4 Die Stockbrote auf den Grillrost legen und mit etwa 10 cm Abstand zur Glut etwa 5 Min. grillen, dabei immer drehen.

mild-würzig

Olivenfladen

½ Würfel frische Hefe (21 g)
½ TL Zucker
300 g Mehl + Mehl zum Arbeiten
½ TL Salz
6 EL Olivenöl
100 g in Kräuter eingelegte, entsteinte große Oliven

Für 6 Stück | 20 Min. Zubereitung
1 Std. Ruhen | 6–8 Min. Grillen
Pro Stück ca. 315 kcal, 6 g EW, 15 g F, 39 g KH

1 Die Hefe zerbröckeln und mit dem Zucker und 2 EL lauwarmem Wasser verrühren, bis sie sich aufgelöst hat.

2 Aufgelöste Hefe mit Mehl, Salz, 4 EL Olivenöl und etwa 150 ml lauwarmem Wasser mit den Knethaken des Handrührgerätes zu einem glatten Hefeteig verkneten. Mit einem feuchten Tuch abdecken und an einem warmen Ort etwa 1 Std. ruhen und gehen lassen.

3 Dann den Teig in sechs gleich große Stücke teilen und jeweils auf der leicht bemehlten Arbeitsfläche zu knapp 1 cm hohen runden Fladen ausrollen. Die Oliven grob zerschneiden und tief in die Teigfladen drücken. Mit übrigem Öl beträufeln.

4 Die Fladen auf den Grillrost legen (möglichst am Rand, wo die Hitze nicht zu heiß ist) und mit etwa 10 cm Abstand zur Glut 6–8 Min. grillen, dabei einmal vorsichtig wenden. Bei Bedarf vor dem Wenden die Oliven nochmals tiefer eindrücken.

oben: Olivenfladen | unten: Stockbrote

Extras

Mal ehrlich – Würstchen, Zitronenforelle, Gemüsespieß – gut und schön. Aber was sind all die gegrillten Köstlichkeiten ohne die passenden Dips, Cremes, Saucen und ohne Salate. Da fehlt doch was! Also unbedingt gleich die passenden Begleiter raussuchen. Auf alle Fälle probieren: die verführerische Orient-Mayo!

Orient-Mayo

1 zimmerwarmes ganz frisches Eigelb (Größe M)
1 EL Zitronensaft
1 TL Harissa (arabische Würzpaste mit Chili, ersatzweise ½ TL Chilipulver)
150 ml Öl (z. B. Sonnenblumen-, Sesam- oder Olivenöl)
3 EL Rosinen
2 EL Pinienkerne
je ½ TL gemahlener Zimt, Kardamom und Kreuzkümmel
Salz

Für 1 Glas (200 ml Inhalt, 6–8 Portionen)
10 Min. Zubereitung
Insgesamt ca. 1135 kcal, 8 g EW, 100 g F, 57 g KH

1 Eigelb mit Zitronensaft und Harissa verrühren. Wenig Öl dazugeben und mit den Schneebesen des Handrührgeräts unterschlagen. Nach und nach unter weiterem Rühren in einem dünnen Strahl auch das restliche Öl dazufließen lassen.

2 Die Rosinen und Pinienkerne fein hacken und mit den Gewürzen unter die Mayonnaise mischen.

Passt gut zu kleinen Hähnchenkeulen (S. 9), Satéspießen (S. 12) und Gemüsespießen (S. 36).

VARIANTE – AIOLI
Für 1 Glas (200 ml Inhalt) 1 Scheibe Toastbrot entrinden, würfeln und mit 4 EL Milch übergießen. Kurz ziehen lassen, dann ausdrücken. 3–4 Knoblauchzehen schälen, pressen und mit Brot und 1 Eigelb (Größe M) verrühren. ¼ l Olivenöl nach und nach dazugießen und alles mit dem Handrührgerät zur Mayonnaise schlagen. Mit Salz, Pfeffer und 2 Spritzern Zitronensaft abschmecken.

süß-würzig

Rhabarber-Chutney

1 Stück frischer Ingwer (4 cm) | 1 kleine Zwiebel | 1 große Mango | 1 Stange Zimt | 1 TL grüne Kardamomkapseln | 5 getrocknete Chilischoten | 100 g Rohrohrzucker | 80 ml Balsamico bianco | 400 g Rhabarber | Salz

Für 4 Gläser (je 150 ml Inhalt)
25 Min. Zubereitung
Pro Glas ca. 165 kcal, 1 g EW, 1 g F, 38 g KH

1 Den Ingwer und die Zwiebel schälen, klein würfeln. Mango schälen, Fruchtfleisch vom Stein schneiden und 1 cm groß würfeln. Diese Zutaten mit Gewürzen, Zucker, Essig und 200 ml Wasser bei mittlerer Hitze etwa 10 Min. einkochen lassen.

2 Den Rharbarber waschen, putzen und in ½ cm große Stücke schneiden. Zum Chutney geben und alles in etwa 5 Min. dicklich einkochen, salzen. Sofort in Gläser füllen und gut verschließen.

Passt zu Hähnchenkeulen (S. 9)

süßsauer | fruchtig

Zwiebel-Ananas-Relish

300 ml Rotweinessig oder Aceto balsamico | 100 g Zucker | 1 EL helle Senfkörner | 500 g kleine rote Zwiebeln | 1 Stück Ananas (etwa 400 g) | 50 ml Rotwein | Salz | Pfeffer

Für 3 Gläser (je 200 ml Inhalt)
30 Min. Zubereitung
Pro Glas ca. 275 kcal, 3 g EW, 2 g F, 61 g KH

1 Essig mit Zucker und Senfkörnern bei starker Hitze offen etwa 10 Min. einkochen lassen.

2 Die Zwiebeln schälen, halbieren und in dünne Spalten schneiden. Ananas schälen, vom harten Strunk befreien und ½ cm groß würfeln.

3 Zwiebeln, Ananas und Wein mit in den Topf geben, alles bei mittlerer Hitze noch etwa 10 Min. kochen lassen. Relish mit Salz und Pfeffer würzen. Sofort in Gläser füllen und gut verschließen.

Passt zu Kalbsschnitzel (S. 17), BBQ-Spareribs (S. 20), Seeteufelspießen (S. 26) und Schwertfisch (S. 28)

sommerlich frisch

Kräuter-Zucchini-Salsa

je 1 Bund Petersilie und Basilikum | 1 sehr kleiner Zucchino | 1 Zwiebel | 1 Knoblauchzehe | 4 EL Olivenöl | 3 EL Balsamico bianco oder Weißweinessig | 1 TL Honig | Salz | (Cayenne-)Pfeffer

Für 4 Personen
10 Min. Zubereitung | 1 Std. Marinieren
Pro Portion ca. 125 kcal, 1 g EW, 12 g F, 4 g KH

1 Die Kräuter waschen, trockenschütteln und fein hacken. Den Zucchino waschen und putzen, die Zwiebel schälen, beides sehr fein würfeln. Knoblauch schälen und durch die Presse drücken.

2 Die vorbereiteten Zutaten mit Olivenöl, Essig und Honig vermischen. Mit Salz und (Cayenne)-Pfeffer würzen. Die Salsa etwa 1 Std. ziehen lassen.

Passt zu Salbei-Knoblauch-Salsicce (S. 10), Thymian-Pecorino-Würstchen (S. 10), BBQ-Spareribs (S. 20), Jerk-Schweinerippchen (S. 20), Garnelenspießen (S. 26) und Reisküchlein (S. 45)

zum Selbermachen

Tomatenketchup

600 g Tomaten | 1 Zwiebel | 2 Knoblauchzehen | ½ Bund gemischte Kräuter (z. B. Petersilie, Oregano, Thymian, Rosmarin, Basilikum) | 2 EL Öl | 50 g Rohrohrzucker | 80 g Tomatenmark | 50 ml Weißweinessig | Salz | Pfeffer

Für 1 Glasflasche (250 ml Inhalt)
15 Min. Zubereitung | 45 Min. Kochen
Insgesamt ca. 290 kcal, 5 g EW, 1 g F, 66 g KH

1 Tomaten waschen, grob würfeln. Zwiebel und Knoblauch schälen, Zwiebel grob würfeln. Kräuter waschen und trockenschütteln. Öl erhitzen, Zwiebel und Knoblauch darin andünsten. Zucker, Tomaten und Kräuter untermischen. Im geschlossenen Topf bei mittlerer Hitze 30 Min. kochen lassen.

2 Durch ein Sieb streichen, Püree mit Tomatenmark und Essig in 10–15 Min. offen dicklich einkochen. Salzen und pfeffern. In die Flasche füllen.

Passt zu Würstchen, Steaks und Spareribs

aroma-frisch

Tzatsiki mit Minze

1 kleines Stück Salatgurke (120 g) | Salz | 2 große Knoblauchzehen | ½ Bund Minze | 400 g Joghurt (am besten griechischer) | 3 EL Zitronensaft | 2 TL gemahlener Kreuzkümmel | 1 TL Zucker | Pfeffer

Für 4 Personen | 15 Min. Zubereitung
Pro Portion ca. 140 kcal, 1 g EW, 1 g F, 3 g KH

1 Die Gurke schälen oder gründlich waschen, in ein Sieb raspeln und mit Salz bestreuen. Im Sieb etwa 10 Min. ziehen und abtropfen lassen.

2 Den Knoblauch schälen und durch die Presse drücken. Minze waschen, trockenschütteln und in sehr feine Streifen schneiden. Beides mit Joghurt, Zitronensaft, Kreuzkümmel und Zucker verrühren.

3 Die Gurke ausdrücken und unter den Joghurt mischen. Tzatsiki mit Salz und Peffer abschmecken.

Passt zu Holzfällersteaks (S. 18), Hackbällchen (S. 23), Pilz-Allerlei (S. 36) und Stockbrot (S. 46)

gut kombiniert

Sesam-Ricotta-Quark

60 g helle Sesamsamen | 250 g Ricotta | 250 g Quark oder Topfen | abgeriebene Schale und 4 EL Saft von 1 Bio-Limette | Salz | Pfeffer

Für 4 Personen | 10 Min. Zubereitung
Pro Portion ca. 240 kcal, 18 g EW, 16 g F, 6 g KH

1 Den Sesam in eine kleine Pfanne geben und ohne Fettzugabe bei mittlerer Hitze unter Rühren goldbraun rösten. Wenn die Samen »zu springen« beginnen, bei Bedarf abdecken.

2 Den Ricotta mit dem Quark oder Topfen, der Limettenschale und dem Limettensaft verrühren. Die Sesamsamen noch heiß untermischen. Mit Salz und Pfeffer würzen.

Passt zu Hackbällchen (S. 23), Fenchel-Lachs (S. 25), Kartoffeln im Speckmantel (S. 35), Pilz-Allerlei (S. 36), Gemüsespießen (S. 36) und Stockbrot (S. 46)

Klassiker selbst gemacht

Ajvar

2 große rote Paprikaschoten | 1 kleine Zwiebel | 1 große Knoblauchzehe | 2 EL Olivenöl | Saft von ½ Zitrone | Salz | 1 TL Cayennepfeffer

Für 4 Personen
25 Min. Zubereitung | 15–20 Min. Backen
Pro Portion ca. 75 kcal, 1 g EW, 6 g F, 3 g KH

1 Backofen auf höchste Stufe vorheizen. Paprika waschen, längs halbieren, putzen. Backblech mit Alufolie auslegen, Schotenhälften mit der Haut nach oben darauf legen, flach drücken. Im Ofen (oben) 15–20 Min. backen, bis die Haut dunkle Blasen wirft. Abkühlen lassen, häuten, pürieren.

2 Zwiebel und Knoblauch schälen, fein würfeln. Im Öl bei mittlerer Hitze 5 Min. dünsten. Zitronensaft und Püree dazugeben. Unter Rühren 4–5 Min. einkochen lassen. Mit Salz und Cayennepfeffer würzen.

Passt zu Hackbällchen (S. 23), Kartoffeln im Speckmantel (S. 35), und Reisküchlein (S. 45)

cremig fein

Eier-Zwiebel-Creme

4 Eier (Größe M) | 1 TL Senf (z. B. Dijon-Senf mit Honig, mittelscharfer oder süßer Senf) | 100 g Crème fraîche | 2 große Frühlingszwiebeln | 1 TL Weißweinessig oder Zitronensaft | Salz | Pfeffer

Für 4 Personen
15 Min. Zubereitung | 10–12 Min. Kochen
Pro Portion ca. 180 kcal, 7 g EW, 16 g F, 1 g KH

1 Die Eier in Wasser in 10–12 Min. hart kochen. Dann abschrecken, pellen und halbieren. Eigelbe herauslösen und mit der Gabel zerdrücken. Mit Senf und Crème fraîche verrühren.

2 Die Eiweiße fein hacken. Die Frühlingszwiebeln waschen, putzen und mit dem Grün in feine Ringe schneiden. Beides mit Essig oder Zitronensaft unter die Creme mischen. Mit Salz und Pfeffer würzen.

Passt zu Pfeffersteaks (S. 18), Kartoffeln im Speckmantel (S. 35), Pilz-Allerlei (S. 36), Gemüsespießen (S. 36), Reisküchlein (S. 45) und Stockbrot (S. 46)

Klassiker neu gemischt

Grüner Kartoffelsalat mit Sprossen

800 g fest kochende Kartoffeln
Salz
200 ml Gemüsebrühe
1 große Zwiebel
1 EL körniger Senf
6 EL Weißweinessig
3 EL Öl
Pfeffer
1 großes Bund Rucola (150 g)
75 g Sprossen (z. B. Erbsenspargel, Rettich- oder Mungobohnensprossen)

Für 4 Personen | 25 Min. Zubereitung
25 Min. Kochen | 1 Std. Marinieren
Pro Portion ca. 240 kcal, 5 g EW, 10 g F, 30 g KH

1 Die Kartoffeln waschen und in Salzwasser in etwa 25 Min. gar kochen. Kurz abschrecken, pellen und noch heiß in Scheiben schneiden.

2 Die Gemüsebrühe erhitzen. Die Zwiebel schälen und in kleine Würfel schneiden. Beides mit Senf, Essig und Öl zu den Kartoffeln geben und gründlich untermischen. Mit Salz und Pfeffer würzen. Den Salat etwa 1 Std. ziehen lassen.

3 Dann den Rucola waschen, trockenschütteln und alle dicken Stängel entfernen. Rucola grob schneiden und mit den Sprossen kurz vor dem Servieren unter den Kartoffelsalat mischen. Nochmals mit Salz und Pfeffer abschmecken.

Italy meets Asia

Bohnen-Tomaten-Salat mit Koriander

200 g große weiße Bohnenkerne
350 g Kirschtomaten | 2 weiße Zwiebeln
1 Bund Koriandergrün | 6 EL Balsamico bianco
4 EL Olivenöl | Salz | Pfeffer

Für 4 Personen | 15 Min. Zubereitung
8–12 Std. Einweichen | 1–2 Std. Garen
1 Std. Marinieren
Pro Portion ca. 260 kcal, 12 g EW, 13 g F, 24 g KH

1 Die Bohnen in einer Schüssel in reichlich kaltem Wasser 8–12 Std. einweichen. Dann in ein Sieb abgießen, abbrausen und mit etwa 600 ml frischem Wasser in einem Topf zum Kochen bringen. Bohnen bei schwacher Hitze in 1–2 Std. weich garen. Bei Bedarf noch Wasser nachfüllen. Bohnen abgießen und etwas abkühlen lassen.

2 Tomaten waschen und halbieren oder vierteln. Zwiebeln schälen und klein würfeln. Koriandergrün abbrausen, trockenschütteln und grob hacken.

3 Die lauwarmen Bohnen mit Tomaten, Zwiebeln, Koriander, Essig und Olivenöl vermischen. Mit Salz und Pfeffer würzen, etwa 1 Std. ziehen lassen.

GUT ZU WISSEN

Die Garzeit von getrockneten Bohnen kann sehr stark variieren. Sie ist zum einen abhängig von der Größe der Kerne und der Sorte, zum anderen aber auch davon, wie lange die Bohnen bereits im Schrank liegen. Zwischendurch am besten immer wieder probieren. Und: Salz und Essig oder Zitronensaft erst zum Schluss dazugeben, sonst werden die Bohnen gar nicht erst weich.

oben: Bohnen-Tomaten-Salat mit Koriander | unten: Grüner Kartoffelsalat mit Sprossen

mild-würzig | frisch

Nudel-Paprika-Salat mit Sardellen

250 g kurze, sehr dicke Röhrennudeln (z. B. Rigatoni)
Salz
10 Sardellenfilets in Öl
1 Knoblauchzehe
2 EL Olivenöl
7 EL Balsamico bianco
Pfeffer
je 1 große rote, gelbe und orange Paprikaschote

Für 4 Personen
20 Min. Zubereitung | 1 Std. Marinieren
Pro Portion ca. 335 kcal, 12 g EW, 8 g F, 52 g KH

1 Für die Nudeln reichlich Wasser zum Kochen bringen, salzen. Nudeln darin nach Packungsanweisung al dente garen.

2 Inzwischen 3 Sardellenfilets mit der Gabel zerdrücken. Den Knoblauch schälen und durch die Presse drücken. Beides mit Olivenöl, Essig, Salz und Pfeffer verrühren. Die übrigen Sardellenfilets grob hacken. Die Paprikaschoten waschen, putzen und in lange, feine Streifen schneiden.

3 Die Nudeln in ein Sieb abgießen und abschrecken, abtropfen lassen. Mit Paprikaschoten, gehackten Sardellenfilets und der Sauce mischen. Den Salat etwa 1 Std. ziehen lassen.

FARB-UND-AROMA-TIPP

Wer möchte, mischt noch 1 TL fein gehackte Bio-Zitronenschale und die Blätter von 1 Bund Basilikum unter.

fruchtig | nussig

Spinat-Rucola-Salat mit Walnüssen und Birnen

50 g Walnusskerne
150 g junger Blattspinat
1 großes Bund Rucola (150 g)
4 EL milder Essig (z. B. Holunderblüten- oder Apfelessig)
1 TL Zucker | Salz | Pfeffer
4 EL Walnussöl | 2 Birnen

Für 4 Personen | 20 Min. Zubereitung
Pro Portion ca. 280 kcal, 9 g EW, 21 g F, 13 g KH

1 Die Walnusskerne grob hacken und in einer Pfanne ohne Fettzugabe bei mittlerer Hitze anrösten. Dabei immer rühren, damit die Nüsse gleichmäßig bräunen.

2 Den Spinat und den Rucola waschen und trockenschleudern, dicke Stängel entfernen. Den Essig mit Zucker, Salz, Pfeffer und Öl kräftig verschlagen. Die Birnen waschen, vierteln, entkernen und in dünne Spalten schneiden.

3 Die Birnen zuerst in der Sauce wenden, damit sie sich nicht braun verfärben. Dann mit Spinat, Rucola und Walnüssen locker vermischen.

TIPP – HOLUNDERBLÜTENESSIG

Für diesen aromatischen Essig etwa 5 Holunderblütendolden vorsichtig abbrausen, trocknen und in ein Twist-off-Glas (1 l Inhalt) geben. In einem kleinen Topf 100 g Zucker mit 100 ml Wasser 5 Min. kochen lassen. Dann mit ¾ l Weißweinessig zu den Blütendolden geben, gut verschließen und 1 Woche ziehen lassen. Durch ein feines Sieb gießen, in zwei ½-l-Flaschen abfüllen.

oben: Nudel-Paprika-Salat mit Sardellen | unten: Spinat-Rucola-Salat mit Walnüssen und Birnen knackig | mild-würzig

Weißkrautsalat

1 Weißkohl (etwa 1 kg)
Salz
6 EL heller Essig (z. B. Weißweinessig, Balsamico bianco oder Apfelessig)
Pfeffer
1 EL Kümmelsamen
1 EL Zucker
1 großes Bund Frühlingszwiebeln

Für 4 Personen
20 Min. Zubereitung | 1 Std. Marinieren
Pro Portion ca. 80 kcal, 4 g EW, 1 g F, 16 g KH

1 Den Weißkohl waschen und von den äußeren welken oder braunen Blättern befreien. Den Kohlkopf durch den Strunk achteln. Die Kohlachtel auf die Arbeitsfläche legen und mit einem großen scharfen Messer in feine Streifen schneiden, den Strunk jeweils entfernen.

2 Die Kohlstreifen in eine große Schüssel geben, salzen und 2–3 Min. kräftig mit den Händen durchkneten. Der Kohl wird dabei weicher und zieht ein wenig Flüssigkeit. Dann Essig, Pfeffer, Kümmel und Zucker gründlich untermischen. Den Salat mindestens 1 Std. ziehen lassen.

3 Die Frühlingszwiebeln waschen, putzen, samt dem Grün in feine Ringe schneiden und kurz vor dem Servieren unter den Weißkrautsalat mischen.

TIPP – KNUSPER-KICK
Fast ein Muss: heiße Speckkrustel. Dafür 50 g durchwachsenen Speck in feine Streifen oder Würfel schneiden, knusprig braten, warm über den Salat streuen.

Vitamin-C-Bombe

Fenchel-Orangen-Salat

2 große Fenchelknollen (möglichst mit viel Grün)
50 g schwarze Oliven
1 rote Zwiebel
2 große Orangen
3 EL Apfelessig
Salz | Pfeffer
4 EL Olivenöl

Für 4 Personen | 20 Min. Zubereitung
Pro Portion ca. 175 kcal, 3 g EW, 14 g F, 11 g KH

1 Die Fenchelknollen waschen, putzen und der Länge nach halbieren. Grün abzupfen und grob hacken. Die Fenchelhälften quer in feine Streifen schneiden, dabei den Strunk entfernen.

2 Das Fruchtfleisch der Oliven von den Kernen schneiden. Die Zwiebel schälen und in feine Ringe oder kleine Würfel schneiden.

3 Die Orangen so schälen, dass auch die weiße Haut mit entfernt wird. Die Fruchtfilets zwischen den Trennhäuten herausschneiden, dabei vom ablaufenden Saft 50 ml auffangen.

4 Den Orangensaft mit Essig, Salz, Pfeffer und Olivenöl kräftig verschlagen. Mit allen anderen Salatzutaten mischen.

AUSTAUSCH-TIPP
Eine der Fenchelknollen durch 300 g Zuckerschoten ersetzen. Die Schoten waschen, putzen, schräg in etwa 1/2 cm breite Streifen schneiden. In 1 EL Olivenöl unter Rühren bei starker Hitze 1 Min. braten, wenig salzen und pfeffern, dann mit unter den Salat mischen.

oben: Weißkrautsalat | unten: Fenchel-Orangen-Salat

Zum Gebrauch
Damit Sie Rezepte mit bestimmten Zutaten noch schneller finden können, stehen in diesem Register zusätzlich auch beliebte Zutaten wie **Oliven** oder **Tomaten** – ebenfalls alphabetisch geordnet und **hervorgehoben** – über den entsprechenden Rezepten.

Unsere Garantie

Alle Informationen in diesem Ratgeber sind sorgfältig und gewissenhaft geprüft. Sollte dennoch einmal ein Fehler enthalten sein, schicken Sie uns das Buch mit dem entsprechenden Hinweis an unseren Leserservice zurück. Wir tauschen Ihnen den GU-Ratgeber gegen einen anderen zum gleichen oder ähnlichen Thema um.

Liebe Leserin und lieber Leser,

wir freuen uns, dass Sie sich für ein GU-Buch entschieden haben. Mit Ihrem Kauf setzen Sie auf die Qualität, Kompetenz und Aktualität unserer Ratgeber. Dafür sagen wir Danke! Wir wollen als führender Ratgeberverlag noch besser werden. Daher ist uns Ihre Meinung wichtig. Bitte senden Sie uns Ihre Anregungen, Ihre Kritik oder Ihr Lob zu unseren Büchern. Haben Sie Fragen oder benötigen Sie weiteren Rat zum Thema? Wir freuen uns auf Ihre Nachricht!

Wir sind für Sie da!
Montag – Donnerstag: 8.00 – 18.00 Uhr;
Freitag: 8.00 – 16.00 Uhr
Tel.: 0180 - 5 00 50 54*
Fax: 0180 - 5 01 20 54*
E-Mail:
leserservice@graefe-und-unzer.de

*(0,14 €/Min. aus dem dt. Festnetz/ Mobilfunkpreise max. 0,42 €/Min.)

P.S.: Wollen Sie noch mehr Aktuelles von GU wissen, dann abonnieren Sie doch unseren kostenlosen GU-Online-Newsletter und/oder unsere kostenlosen Kundenmagazine.

GRÄFE UND UNZER VERLAG
Leserservice
Postfach 86 03 13
81630 München

Projektleitung: Tanja Dusy
Lektorat: Cornelia Schinharl
Layout, Typografie und Umschlaggestaltung: independent Medien-Design, Horst Moser, München
Satz: Redaktionsbüro Christina Kempe, München
Herstellung: Petra Roth
Reproduktion: Penta Repro, München
Druck und Bindung:
Firmengruppe APPL, Wemding

ISBN 978-3-8338-0324-6

6. Auflage 2011

GRÄFE UND UNZER

Ein Unternehmen der
GANSKE VERLAGSGRUPPE

Die Autorin

Christina Kempe liebt es zu grillen, am besten mit Freunden. Wichtig dabei: Alles, was über der heißen Glut brutzelt, sollte schnell gemacht und richtig lecker zugleich sein. Ansonsten schreibt, gestaltet und lektoriert sie Bücher in ihrem Münchner Redaktionsbüro oder macht im Fotostudio vor allem Kuchen, Plätzchen & Co. schick für die Kamera.

Der Fotograf

Klaus-Maria Einwanger ist selbstständiger Fotograf in Rosenheim. Vor Ort und im Ausland arbeitet er für Zeitschriften, Buchverlage und Werbeagenturen. Kreativ setzt er dabei Food-Spezialitäten aus aller Welt perfekt ins Bild. Monika Schuster, Foodstylistin, und Anka Köhler, Fotoassistenz, unterstützten ihn tatkräftig bei diesem Projekt.

Bildnachweis:

Titelfoto: Fotos mit Geschmack, Alling; alle anderen: Klaus-Maria Einwanger, Rosenheim

Syndication:
www.jalag-syndication.de

Titelbildrezept:

Pfeffersteaks mit Rosmarin (S. 18) und Zwiebel-Ananas-Relish (S. 50)

Kochlust pur

Die neuen KüchenRatgeber – da steckt mehr drin

ISBN 978-3-8338-0326-0
64 Seiten

ISBN 978-3-8338-0305-5
64 Seiten

ISBN 978-3-8338-0327-7
64 Seiten

ISBN 978-3-8338-0309-3
64 Seiten

ISBN 978-3-8338-0321-5
64 Seiten

ISBN 978-3-8338-1835-6
64 Seiten

Änderungen und Irrtum vorbehalten

Das macht sie so besonders:

- **Neue mmmh-Rezepte** – unsere beste Auswahl für Sie
- **Praktische Klappen** – alle Infos auf einen Blick
- **Die 10 GU-Erfolgstipps** – so gelingt es garantiert

G|U

Willkommen im Leben.

küchengötter.de
powered by G|U

Einfach göttlich kochen und himmlisch speisen?

Die passenden Rezepte, Küchentipps und -tricks

in Wort und Film finden Sie ganz einfach unter:

www.küchengötter.de

Zitronen- und Orangenöl

Würzsalz und Würzmischung

Barbecue-Sauce

Würzvielfalt fürs richtige Aroma

Zitronen-Kräuter-Öl: 3 große Zweige Rosmarin und 1 Bund (Zitronen-)Thymian waschen, trockentupfen, in eine Flasche (½ l Inhalt) füllen. 1 Knoblauchzehe schälen und vierteln. 2 Bio-Zitronen heiß waschen, die Schale dünn abschneiden. Beides mit 1 EL Pfefferkörner in die Flasche geben. Mit etwa 400 ml Olivenöl auffüllen. Gut verschließen, mindestens 2 Wochen ziehen lassen. Passt zu: Fisch, Gemüse, Geflügel, Rind, Schwein und Lamm.

Orangen-Gewürz-Öl: 2 EL Pfefferkörner, 1 Stange Zimt, 2 Sternanise, 2 EL grüne Kardamomkapseln und 4 Lorbeerblätter bei mittlerer Hitze rösten, bis die Gewürze duften. Im Mörser grob zerstoßen, mit der dünn abgeschnittenen Schale von 1 großen Bio-Orange in eine Flasche füllen (½ l Inhalt). Mit etwa 400 ml Sesamöl auffüllen. Gut verschließen und mindestens 2 Wochen ziehen lassen. Passt zu: Geflügel, Lamm, Rind, Fisch und Meeresfrüchten.

Mediterranes Würzsalz: ½ Bund gemischte Mittelmeerkräuter (z. B. Thymian, Rosmarin, Oregano, Basilikum, Petersilie) waschen, trockenschütteln und fein hacken. Mit abgeriebener Schale von 1 Bio-Zitrone, ½ TL frisch gemahlenem Pfeffer und 100 g grobem Meersalz mischen. Passt zu: Fisch, Meeresfrüchten, Gemüse und Lamm.

Paprika-Pfeffer-Würzmischung: 1 TL Pfefferkörner grob zerstoßen, mit 2 TL edelsüßem Paprikapulver, 2 TL getrocknetem Majoran, ¼ TL gemahlenem Piment, 1 TL Salz und 2 Prisen frisch geriebener Muskatnuss vermischen. Passt zu: Rind, Geflügel, Schwein und Lamm.

Barbecue-Sauce: 2 Zwiebeln und 1 Knoblauchzehe schälen, fein würfeln. Mit 300 ml Tomatenketchup, 7 EL Zitronensaft, 3 EL Melasse (aus dem Bioladen, ersatzweise Zuckerrübensirup), 3 EL Honig, 1 EL frisch gemahlenem Pfeffer, 1 EL Senfpulver oder Senf, ½ TL Tabasco oder Cayennepfeffer, 1 EL Salz, 2–3 EL flüssigem Raucharoma (gibt es z. B. bei www.planetbbq.de, kann man aber auch weglassen) bei mittlerer Hitze in etwa 30 Min. dickflüssig einkochen. Noch heiß in ein Twist-off-Glas (400 ml Inhalt) füllen. Passt zu: Rind, Schwein, Lamm.